LE SECOND
MIRACLE
ARRIVE' A NOSTRE
DAME DE PARIS.

Le Mercredy 29. Auril 1626.

A ROVEN.
Chez DAVID FERRAND,
ruë aux Iuifs dans la Court des
Loges prés le Palais
M. DC. XXVI.

Le second miracle arrivé à Nostre Da-
me de Paris, le 29. d'Auril, de la
presente année 1626.

IE croy que le Ciel n'a iamais tant versé d'influen-
ce que ce iourd'huy, ou
les miracles sont plus frequents
que les choses que nous voyons
d'ordinaire, devoir le Soleil en
son plain cours l'on ne l'admire
pas, d'autant que tous les iours
nous le voyons leuer de sa cou-
che, & s'enseuelir dans son occi-
dent, pour rendre l'honneur qu'il

auoit ofté la nuict precedéte , aux
fleurs & aux fruicts de la terre. Iĕ
croy que Dieu auoit fermé le ciel,
& que les fontaines de fa miferi-
corde pour le genre humain e-
ftoit tarye , Mais par vn Iubilé fo-
lemnel , & par des dons fi exquis
le ciel ouure ces threfors, & ou-
blieux des pechez du fiecle, efpã-
chent librement fes munificen-
ces auec vn tel excez, que la natu-
re mefme œuure, de Dieu, à pei-
ne de les croire, voyant que la na-
ture fouffre debrits de fes for-
ces.

C'eft doncques qu'vne Dame
de la ruë des Vieux-Auguftins,
pres la Porte de Mont-Marthe,
aagée de cinquante ans, laquelle

apres auoir satisfaict au deuoir d'v-
ne ame Chreſtienne, s'agenoüil-
lant auec vn humble ſentiment
des choſes de Dieu, & des Sacre-
mens de l'Egliſe, apres la grande
Meſſe celebrée en icelle, entre
vnze & douze, en la preſence de
pluſieurs perſonnes, Marie Mau-
rice liée par les jambes, & parali-
tique, nouuellement, recemmét,
& vigoureuſement ſe leue, mon-
ſtrant par ſon front la grádeur des
merueilles de Dieu, que ſa bonté
a operé en elle. Voila que plus de
ſix cens perſonnes preſentes, elle
qui eſtoit detenuë par vne lan-
gueur ſi vehemente & furieuſe,
reſuſcite & s'eſueille comme du
ſommeil d'vne maladie inueterée

de cinq ans durant , Voila que
Monseigneur l'Archeuesque de
Paris admirant la houueauté du
miracle , la meine dans l'Arche-
uesché, l'examine, la regarde , &
cognoist la verité non mensonge-
re de ce qui s'estoit passé, l'on s'in-
forme combien de temps elle a-
uoit esté malade, l'on visite le lieu,
on recognoist la foiblesse d'icelle
partie, & les drapeaux qui enue-
loppoyent sa cuisse , tombent librement, cognoissant qu'ils n'a-
uoyent plus que faire à vne partie
si saine , & touchée de la main
Medicinale de Dieu : Donc Monseigneur trouuant que son Eglise
estoit honorée de deux miracles,
consecutifs, remerciant Dieu , &

sa saincte Mere, du benefice ad-
mirable qu'ils ont operé en icelle
Eglise, tout le monde se resiouit
à la confusion de diables, à la hô-
te des infidelles heretiques qui pé-
sant mespriser se merueilles, trou-
ue leur tombeau dans l'excellence
des merites de la Mere de Dieu.

Voila ce que i'ay appris des af-
sistans, ce que ie n'admire, veu
que iamais bonne seruante n'a e-
sté congediée de sa maistresse, &
principallement de la vierge, en-
core qu'en vn téps ou l'increduli-
té des miracles à fait iour par tout
Nous prions que le tout soit à
l'honneur de Dieu & de sa saincte
Mere, & à la consolation des a-
mes qui honnorent sa Chappelle

ſcituée a coſté du cœur. De ce
mois d'Aurille 26. mil ſix cens
vingt ſix.

F I N.